Bob L'éponge avait le souffle coupé. L'ampoule qui était suspendue au-dessus du projet de la classe de science avait crépité puis avait grillé. La pièce était plongée dans l'obscurité.

Bob L'éponge regarda Patrick, puis il se tourna vers Roger avant de regarder de nouveau Patrick. Si Bob L'éponge et Patrick n'agissaient pas en vitesse, Roger allait mourir !

« Je… Je… Je suis désolé de t'avoir dit que tu étais une étoile de mer stupide ! » s'écria Bob L'éponge.

« Je suis désolé si je t'ai causé des problèmes, et si on t'a envoyé au fond de la classe à cause de moi, et si on t'a retiré ton étoile de Bon nigaud, et si je t'ai lancé un livre, et si je t'ai envoyé des boulettes de salive, et… » babilla Patrick anxieusement.

« Je suis désolé que tes excuses soient si longues ! » l'interrompit Bob L'éponge.

« Moi aussi ! » dit Patrick.

Leurs regards se croisèrent. « Sauvons Roger ! »

UN NOUVEL ÉLÈVE

PRESSES AVENTURE

© 2007 Viacom International Inc. Tous droits réservés. Nickelodeon, Bob L'éponge et tous les autres titres, logos et personnages qui y sont associés sont des marques de commerce de Viacom International Inc.

Publié par PRESSES AVENTURE, une division de
LES PUBLICATIONS MODUS VIVENDI INC.
55, rue Jean-Talon Ouest, 2ᵉ étage
Montréal (Québec)
Canada H2R 2W8

Paru sous le titre anglais : *New Student Starfish*

Dépot légal : Bibliothèque et Archives nationales du Québec, 2007
Dépot légal : Bibliothèque et Archives Canada, 2007

Traduit de l'anglais par : Catherine Girard-Audet

ISBN 13 : 978-2-89543-707-9

Nous reconnaissons l'aide financière du gouvernement du Canada par l'entremise du Programme d'aide au développement de l'industrie de l'édition (PADIÉ) pour nos activités d'édition.

Gouvernement du Québec — Programme de crédit d'impôt pour l'édition de livres — Gestion SODEC

NICKELODEON

Bob L'ÉPONGE

UN NOUVEL ÉLÈVE

par Jenny Miglis

illustré par Heather Martinez

PRESSES AVENTURE

chapitre un

C'était un matin très calme sous la mer. Les résidents de Bikini Bottom étaient encore tous endormis. Tous, excepté Bob L'éponge.

Bip! Bip! Biiip!

La sonnerie du réveil de Bob L'éponge retentit.

Bob L'éponge, ne portant alors rien d'autre que son caleçon blanc, sauta du lit et enfila sa culotte brune carrée.

«C'est l'heure de l'école de pilotage de bateau!» dit-il joyeusement.

Le seul endroit que Bob L'éponge chérissait

plus que son lieu de travail, le fameux restaurant Le Crabe Croustillant, était l'école de pilotage de bateau de Madame Puff. Comme il n'avait toujours pas obtenu son permis de pilotage de bateau, son amour pour l'endroit le motivait à s'essayer encore, et encore, et encore.

Bob L'éponge parvenait toujours à passer l'examen écrit avec succès, mais lorsqu'il devait passer l'examen pratique, il devenait tellement nerveux devant le volant qu'il échouait à chaque fois. Trente-neuf fois pour être exact.

« Appuie sur l'accélérateur, Gary ! » dit Bob L'éponge à son escargot.

Gary rampa jusqu'au grille-pain et éjecta une tranche de pain.

Bob L'éponge accourut, bondit dans les airs et exécuta un saut périlleux avant d'attraper la rôtie d'une seule main. « Et voilà le travail ! » Il fit un salut puis prit une bouchée de sa rôtie. « Pas mal Gary, mais la rôtie aurait pu être un peu plus grillée. »

« Miaou ! » répliqua Gary.

« À plus tard ! » dit Bob L'éponge en passant son gros sac à dos bleu par-dessus ses épaules.

Bob L'éponge ouvrit la porte et trouva son meilleur ami Patrick qui lui bloquait le chemin. Il tenait un filet à méduses dans l'une de ses mains.

« Bonjour, Bob L'éponge ! dit Patrick avec enthousiasme. Tu veux aller à la chasse aux méduses ? » Il s'exerça à lancer le filet.

« Désolé, Patrick, je ne peux pas, répondit Bob L'éponge. J'ai de l'école aujourd'hui. »

« Alors que dire d'un petit casse-croûte au Crabe Croustillant ? suggéra Patrick. Je te laisserai m'acheter un pâté de crabe. »

« C'est très tentant, mais je ne peux pas, dit Bob L'éponge. Je prends mes études vraiment au sérieux. Maintenant, si tu veux bien m'excuser… »

Patrick soupira, déçu. Ses yeux se remplirent bientôt de larmes. « Et qu'est-ce que je suis censé faire toute la journée ? » pleurnicha-t-il.

Bob L'éponge haussa les épaules. « Je ne sais pas, dit-il. Que fais-tu normalement lorsque je suis à l'école ? »

« Oh, je fais seulement… eh bien, tu sais, j'attends ton retour », admit Patrick d'un air penaud.

Bob L'éponge réfléchit un instant. « Tu pourrais amener Gary faire une promenade à ma place », suggéra-t-il.

« Ouf ! La dernière fois que j'ai fait faire une promenade à Gary, je me suis perdu, dit Patrick. Et je me suis fait piquer par des méduses en colère. »

Bob L'éponge eut un frisson en se rappelant toutes les piqûres qui couvraient le corps de son ami. « Eh bien, tu pourrais souffler des bulles, proposa-t-il. Cela devrait être sans danger. »

«Souffler des bulles n'est pas amusant sans toi, Bob L'éponge, dit Patrick d'un air de regret. En plus, la dernière fois, j'ai accidentellement bu les bulles et j'ai eu des problèmes de digestion pendant des jours.»

«Hummm, se dit Bob L'éponge en lui-même, qu'est-ce que Patrick pourrait bien faire aujourd'hui?»

«J'ai une idée! s'exclama-t-il. Tu peux venir à l'école avec moi! Pense à cela, Patrick! Toi et moi… comme compagnons de classe!»

Patrick s'imagina aux côtés de Bob L'éponge dans sa classe de dessin, souriant avec fierté. «Wow! s'écria Patrick. Ça sera le plus beau jour de ma vie!»

«Mais, premièrement, nous devons te trouver quelque chose à te mettre sur le dos pour ta première journée d'école, dit Bob L'éponge. Tu connais le dicton : "L'habit fait le moine". Tu as besoin de porter un vêtement qui annonce : "J'ai réussi."»

Quelques instants plus tard, Patrick était habillé et prêt à partir. Il portait une chemise blanche fraîchement repassée, une cravate rouge… et une culotte brune carrée. Il ressemblait à Bob L'éponge !

«Prépare-toi, Patrick, dit Bob L'éponge. Tu t'engages pour le défi académique le plus excitant de ta vie ! »

Bob L'éponge savait qu'il s'agissait d'une journée qu'ils n'étaient pas près d'oublier.

chapitre deux

« Journée de classe, journée de classe, chère vieille journée de classe adorée… » chanta Bob L'éponge alors que lui et Patrick s'approchaient de l'entrée de l'école de pilote de bateau de Madame Puff. Ils s'arrêtèrent en dessous d'une grande voûte.

« Bon, nous y voici, dit joyeusement Bob L'éponge. Es-tu prêt à agrandir tes horizons ? Élargir ton esprit ? Penser d'une autre façon ? »

« D'accord », dit Patrick en haussant les épaules.

Bob L'éponge lissa sa chemise blanche froissée, remonta sa culotte et resserra sa cravate rouge. Il sortit son mouchoir de poche, se baissa et redonna rapidement de l'éclat à ses souliers de cuir verni noir.

« De quoi ai-je l'air ? » demanda Bob L'éponge à Patrick.

« Hum… tu as l'air jaune, » répliqua Patrick.

Bob L'éponge secoua la tête en corrigeant Patrick. « Mauvaise réponse, mon ami, dit-il. J'ai l'air brillant ! Et toi aussi ! »

« Allons, Patrick, dit Bob L'éponge. Il sauta par-dessus la barrière de l'entrée et entraîna Patrick par la main. Nous ne devons pas être en retard ! »

L'école de pilotage de bateau de Madame Puff était en fait un petit hangar à bateaux jaune perché sur une jetée en face d'un haut phare. Il y avait une voie d'entraînement qui entourait l'école et où Madame Puff pouvait donner des leçons de bateau à ses élèves.

Bob L'éponge ouvrit à toute volée les portes

d'entrées de l'école en fanfaronnant. Le corridor étincelait. Le plancher récemment verni brillait, les fenêtres reluisaient et les murs étaient fraîchement repeints. Bob L'éponge sourit avec fierté.

« Regarde, Patrick... le corridor du savoir », dit Bob L'éponge en dirigeant Patrick dans le long couloir bordé de casiers.

Bob L'éponge s'arrêta devant la fontaine d'eau. « Ceci, bien sûr, est la fontaine du savoir, dit-il avec respect. Je bois de cette eau chaque jour. »

Patrick s'inclina pour boire à la fontaine. Il tourna la poignée et l'eau sortit d'un seul coup, ratant sa bouche ouverte pour jaillir directement dans ses yeux.

Patrick porta ses mains à son visage. « Je suis aveugle ! Je suis aveugle ! Je suis aveugle ! s'écria-t-il. J'ai été aveuglé par le savoir ! »

Bob L'éponge sortit son mouchoir de sa poche et épongea les yeux de Patrick. « Éponge-toi, mon vieux. Éponge-toi, dit-il en retournant Patrick. Comme je disais, ce sont les casiers du savoir, » continua-t-il.

Patrick montra du doigt l'escalier qui se trouvait près d'eux. « Est-ce qu'il s'agit des marches du savoir ? » demanda-t-il.

Bob L'éponge haussa les épaules. « Non, il s'agit seulement de marches normales. » Bob L'éponge s'élança vers un autre escalier de l'autre côté du corridor et le montra en faisant un geste du bras : « Ce sont les marches du savoir. »

Bob L'éponge fit faire à Patrick le tour complet du propriétaire de l'école de pilotage de bateau de Madame Puff : le gymnase du savoir, la cafétéria du savoir, l'infirmerie du savoir et même les toilettes du savoir.

Les deux amis passèrent devant une vitrine exposant un trophée et une galerie de photographies de toutes les créatures de mer qui étaient parvenues à obtenir leur permis de pilotage de bateau à l'école de Madame Puff. Tous les visages sur les photographies affichaient un sourire satisfait. Au bout de la grande file de photographies se trouvait un cadre vide portant la mention Bob L'éponge.

« Hé ! Où est ta photographie, Bob L'éponge ? » demanda Patrick.

Patrick regarda le cadre vide avec envie. « Je ne suis pas encore sur le mur des diplômés, dit-il tristement. Mais je suis certain que cette année je vais réussir à obtenir mon permis de pilotage de bateau. »

Patrick mit sa main sur l'épaule de Bob L'éponge et ils continuèrent à parcourir le long corridor. Patrick jeta un regard autour. L'école de pilotage de Madame Puff ressemblait à une école de pilotage normale, excepté pour une chose : les corridors étaient complètement vides.

« Hé, où est tout le monde ? » demanda

Patrick à haute voix.

«À la maison, j'imagine, répondit Bob L'éponge. L'école ne commence qu'à neuf heures. »

Patrick regarda sa montre et ses yeux s'écarquillèrent. «Il est seulement six heures vingt Bob L'éponge! déclara-t-il. Tu m'as dit que nous étions en retard! »

Bob L'éponge tapa amicalement dans le dos de son ami et lui sourit. «En retard à être à l'avance, bien sûr, dit-il. Viens Patrick! Je vais te montrer la salle avec le plus de classe... la salle de classe! »

Bob L'éponge guida Patrick jusqu'à une petite pièce au bout du corridor. À l'intérieur se trouvaient cinq rangées de sièges, avec des dossiers en coquillage, glissés sous de petits pupitres, en face du bureau de la professeure.

Il y avait des affiches de bateaux et des cartes marines épinglées aux murs. Les élèves pouvaient s'exercer à faire des nœuds avec des cordes attachées à une étagère au fond de la classe.

Bob L'éponge s'avança vers l'avant de la classe. «Ceci est le tableau. Il le tapota affectueusement. «Et comme ce tableau, nous sommes des petites ardoises vierges prêtes à être couvertes de savoir.»

«Ohhh! s'écria Patrick. Je veux être une petite ardoise vierge!»

«Ne t'inquiète pas, Patrick, répondit Bob L'éponge. Tu en es une.»

Ensuite, Bob L'éponge entraîna Patrick vers un large tableau rempli d'étoiles dorées et brillantes. Il le regarda avec le plus grand respect.

«Et cette magnifique œuvre d'art est le Tableau des bons nigauds, dit Bob L'éponge avec fierté. Tous les noms des élèves sont écrits ici, indiqua-t-il. Les étoiles dorées à côté des noms sont remises pour l'excellence dans tous les aspects de la vie scolaire : présence en

classe, calligraphie, propreté du pupitre, propreté avancée du pupitre, etc. Je vais écrire ton nom ici pour que tu puisses récolter des étoiles toi aussi. »

Bob L'éponge écrit proprement le nom de Patrick en bas du tableau.

« Regarde toutes les étoiles que tu as récoltées, Bob L'éponge ! s'écria Patrick. Je ne serai jamais aussi bon que toi ! »

« Tu peux faire tout ce que tu commandes à ton esprit de faire, dit Bob L'éponge en passant le doigt sur la longue rangée d'étoiles qui suivaient son nom. Et, de plus, je suis comme tout le monde, peu importe le nombre d'étoiles que j'ai récoltées », dit Bob L'éponge avec fausse modestie.

« Hum hum ! Soixante-quatorze ! » dit-il en toussant dans sa main.

Patrick se retourna vivement. « Quoi ? Qui a dit cela ? Est-ce que c'est lui ? » Il montra du doigt une cuve en verre montée sur une caisse de bois dans le coin de la classe. Dans la cuve se trouvait un œuf blanc perché sur un coquetier. Une ampoule allumée était suspendue au-dessus.

« Ceci est Roger, notre projet de la classe de science, dit Bob L'éponge. Il nous enseigne les meilleures leçons de vie. »

« Comme " la vie est une boîte de chocolats " ? » demanda Patrick.

« Non, Patrick. Roger nous enseigne la valeur précieuse de la vie », répondit Bob L'éponge.

« Oh, bien sûr », acquiesça Patrick, toujours confus.

« Tu vois, la coquille de Roger représente la ligne très fine entre la vie et la mort lorsque tu te trouves derrière le volant d'un bateau », expliqua Bob L'éponge.

«Cette ampoule représente le savoir.» Il fit une pause pour créer un effet dramatique. «Et sans cette énergie et cette chaleur, Roger mourrait.»

Patrick se mit à jouer avec l'interrupteur de la lampe et à éteindre et allumer sans arrêt la lumière. «Vie! Mort! Vie! Mort! Vie! Mort!» s'écria-t-il avec joie.

«Patrick, arrête cela immédiatement! hurla Bob L'éponge en attrapant la main de Patrick. Si la lumière s'éteint pour quelques minutes, Roger pourrait mourir! Il est très important de le garder au chaud jusqu'à ce qu'il soit prêt à éclore.»

«Éclore?! Oh non! s'écria Patrick. Roger va éclore? Il va craquer en millions de petites pièces! Nous devons le sauver!»

Bob L'éponge roula les yeux. «Patrick, Roger doit éclore. Sinon comment pourrions-nous savoir ce qu'il est?»

Les yeux de Patrick s'élargirent. «Tu veux dire que tu ne sais pas déjà ce qu'il sera?

demanda-t-il avec incrédulité. Roger pourrait être un alligator, ou un lézard, ou un affreux monstre de la mer ! »

« Ou un poulet », dit Bob L'éponge.

Il mena Patrick à un bureau situé à l'avant de la classe. Il en accola un autre. « Ce qui est bien quand on arrive tôt c'est, qu'on est certain de pouvoir s'asseoir tout près de la professeure. »

Bob L'éponge s'assit juste en face du bureau de Madame Puff. « Te crois-tu assez bon pour pouvoir t'asseoir à côté de moi ? » demanda-t-il à Patrick.

Patrick prit place juste à côté de Bob L'éponge.

« J'apprends ! »

chapitre trois

À neuf heures, les élèves entrèrent dans la classe de Madame Puff. Il prirent tous une place au fond de la classe, le plus loin possible de leur professeure.

Sammy le requin s'assit juste à côté de Susie le saumon et ils se mirent à jouer une partie de cartes. Franco le flétan sortit son plus récent livre d'aventures de L'homme sirène et de Bernard L'Hermite et se mit à lire.

Les autres élèves mirent leur tête sur leur bureau et s'assoupirent.

Bob L'éponge sortit son crayon et l'aiguisa. Ensuite, il sortit un cahier de notes à reliure spiralée et tourna une nouvelle page toute propre. Patrick fit la même chose.

« Bonjour mes élèves, dit Madame Puff, un énorme poisson soufflé picoté portant une robe rouge. Je vois que nous avons un nouvel élève aujourd'hui. Elle sourit chaleureusement à Patrick. Jeune homme, s'il te plait, lève-toi et présente-toi à la classe. »

« À qui parle le gros poisson bouffi ? » demanda Patrick à Bob L'éponge.

« Elle te parle à toi, Patrick ! Elle est la professeure ! » chuchota Bob L'éponge.

Madame Puff s'éclaircit la voix. « Je m'excuse, mais pas de bavardage, Bob L'éponge ! Tu dois montrer le bon exemple à notre nouvel élève, dit-elle en se tournant vers Patrick. Allez, dis-nous ton nom. Ne sois pas timide. »

Patrick se leva et se retourna vers la classe. Il regarda cette mer de visages inconnus. Les genoux de Patrick se mirent à trembler et des gouttelettes de sueur se formèrent sur sa lèvre supérieure et se mirent à jaillir de son front.

« Hu… humm, » balbutia Patrick.

Il était tellement nerveux qu'il ne pouvait même pas se rappeler son propre nom ! P-P-Peter, non ce n'est pas cela, se dit-il. Pedro, Paco, Pierre… Il passa une liste entière de noms qui commençaient par la lettre p, mais aucun ne lui semblait familier.

Puis, Patrick aperçut du coin de l'œil un calendrier suspendu au mur. La date affichée était le vingt-quatre août.

« Hu… humm… mon nom est… vingt-quatre ! » laissa-t-il échapper.

Les élèves hurlèrent de rire. Patrick ne fit que hausser les épaules et il se rassit.

« Oh, parfait ! Un autre génie, murmura Madame Puff. Calmez-vous, les élèves, commanda-t-elle. La leçon d'aujourd'hui portera sur la façon d'effectuer un virage en bateau. »

Madame Puff se mit à dessiner un diagramme détaillé au tableau.

Bob L'éponge donna un coup de coude à Patrick. « Hé, Patrick ! Est-ce que tu sais ce qui est encore plus drôle que de t'appeler vingt-quatre ? » chuchota-t-il.

« Non, quoi ? » demanda Patrick.

Bob L'éponge étouffa un ricanement. « Vingt-cinq ! » dit-il en éclatant de rire.

Patrick s'étrangla de rire et émit un petit hennissement, alors que Bob L'éponge ne put retenir un rire étouffé. Bientôt, les deux amis riaient de façon incontrôlée. Patrick se tint le ventre en pouffant bruyamment de rire. Bob L'éponge glissa sur le sol et se mit à se rouler dans une attaque de fou rire hystérique.

Mais Madame Puff ne s'amusait pas du tout.

« Jeune homme, dit-elle à Patrick. C'est ton premier jour d'école alors tu t'en tireras avec un avertissement. Quant à toi, Bob L'éponge, je m'attendais à mieux d'un bon nigaud. Et pour quelqu'un qui a échoué son examen de pilotage de bateau trente-neuf fois, je te suggère d'être plus attentif ! »

Bob L'éponge, honteux, baissa la tête et se concentra pour recopier le diagramme dessiné au tableau.

Patrick se pencha sur son pupitre et fit un dessin. Il le plia et le passa à Bob L'éponge. C'était un dessin peu flatteur de Madame Puff, et juste au-dessus il avait griffonné GROS POISSON MÉCHANT !

« GROS POISSON MÉCHANT ! lut Bob L'éponge à voix haute. Patrick, tu ne peux pas écrire une telle chose à propos de la professeure ! » gronda-t-il.

Madame Puff fronça les sourcils. « Qu'y a-t-il à propos de la professeure ? » demanda-t-elle l'air renfrogné. Elle s'avança vers le bureau de Bob L'éponge et lui arracha le dessin des mains.

« Oh non ! » souffla Bob L'éponge. Il tenta de rattraper le papier, mais il était trop tard.

« Oh ! oh ! s'écria Madame Puff dans un excès de colère. Elle examina le dessin. « Comme si je ressemblais vraiment à cela ! »

Madame Puff fit une boulette avec le papier. Elle fronça les sourcils et elle regarda Bob L'éponge droit dans les yeux. Puis se retourna brusquement et se dirigea vers le Tableau des bons nigauds.

Bob L'éponge observa la scène comme si elle se déroulait au ralenti. « NOONNN ! » criat-il. Il ferma les yeux et se boucha les oreilles, mais il ne put échapper à ce qui allait se produire dans quelques instants.

Madame Puff fixa Bob L'éponge. « Bob L'éponge, je crois que tu connais déjà la punition pour deux interruptions en classe, dit-elle d'une voix aigre. Ton comportement te coûtera une étoile dorée. » Elle arracha une des étoiles en or affichées à côté du nom de Bob L'éponge.

«Ahhhhh ! Non ! Non ! Non ! » s'écria Bob L'éponge. Il frappa son bureau de ses poings, se leva, tourna sur lui-même et s'évanouit sur le sol.

Patrick se pencha sur son ami et se mit à lui frapper le visage. «Réveille-toi Bob L'éponge !» lança Patrick à son oreille. Ahuri, Bob L'éponge ouvrit les yeux en battant des paupières.

«Si quelqu'un désire être un bon nigaud, il doit se comporter comme un bon nigaud», gronda Madame Puff.

«Je suis un bon nigaud ! Je suis un bon nigaud ! Je suis un bon nigaud !» scanda Bob L'éponge.

Bob L'éponge avait toujours été l'élève le plus sérieux de l'école de pilotage de bateau, sinon le plus talentueux. Il s'assoyait fièrement sur son siège, il était toujours très attentif et il prenait des notes détaillées. La perte d'une étoile dorée était une tache à son dossier scolaire presque parfait.

«Tu regagneras ton étoile dorée lorsque tu

la mériteras, dit Madame Puff en ignorant tout le cirque que faisait Bob L'éponge et en continuant sa leçon. Comme je disais, la première chose que vous devez savoir pour effectuer un virage en bateau est… »

Patrick bâilla. « Est-ce l'heure de la sieste ? » l'interrompit-il.

Madame Puff se retourna d'un bloc. « Bob L'éponge, j'en ai assez de ce comportement ! cria-t-elle. Ramasse tes choses et va t'asseoir au fond de la classe. »

Bob L'éponge ne pouvait pas en croire ses oreilles. « Moi ? M-m-mais pourquoi ? » balbutia-t-il.

Madame Puff se mit à gonfler de plus en plus de rage. Elle s'avança vers le pupitre de Bob L'éponge et prit une profonde inspiration. « Parce que le gros… poisson… méchant te l'ordonne ! » gronda-t-elle.

Les petites jambes maigres de Bob L'éponge se mirent à trembler de peur alors qu'il glissait de son siège. Ses épaules s'affaissèrent et il baissa les yeux. Il se tourna vers l'arrière de la classe et il entama sa longue marche de la honte.

Lorsqu'il arriva tout près du fond de la classe, il regarda Madame Puff par-dessus son épaule avec un regard de chien battu en espérant qu'elle se sente désolée pour lui et qu'elle change d'idée. Madame Puff lui répondit d'un regard qui voulait dire : «N'essaie même pas.»

«Ah, mollusques, soupira Bob L'éponge. Merci beaucoup Patrick», dit-il en passant à côté du pupitre de son ami.

«Oh, ce n'est rien Bob L'éponge! répondit innocemment Patrick, ne sachant pas qu'il avait fait quelque chose de mal. Quand tu veux, mon vieux!»

L'arrière de la classe était très, très loin de l'avant. Bob L'éponge pouvait difficilement entendre ce que Madame Puff disait. «Bla, bla, bla!» lança Bob L'éponge et «Bla, bla, bla!» lui répondit son écho.

Bob L'éponge s'assit à un pupitre isolé mieux connu sous le nom de siège «pour ceux qui vont finir clochards». Le pupitre était sale, décrépi et recouvert de graffitis. Quelqu'un y avait gravé L'ÉCOLE EST POUR LES IDIOTS avec un hameçon qui se trouvait toujours là.

«Quel genre d'élève s'assoit ici? se demanda Bob L'éponge, préoccupé, à voix haute. J-j-j'imagine que je pourrais toujours être un bon nigaud même si je suis assis à l'arrière», dit-il plein d'espoir, les yeux remplis de larmes.

«Lorsque vous tournez à gauche, continua Madame Puff, vous devez mettre votre clignotant gauche environ cent cinquante mètres avant d'effectuer le virage, bien regarder de chaque côté pour être certain qu'il n'y a aucun obstacle sur votre chemin, empoigner fermement le volant et le tourner dans le sens contraire des aiguilles d'une montre...»

Patrick se retourna sur son siège. «Pssst! Bob L'éponge!»

Bob L'éponge détourna son visage. «Je dois juste l'ignorer», pensa Bob L'éponge en lui-même.

Patrick arracha une page de son cahier de notes, la roula en boule et la lança à Bob L'éponge. «PSSST! hé, Bob L'éponge! Regarde ici!»

«Peu importe ce que tu fais, surtout ne le regarde pas», se dit Bob L'éponge. «Tra-la-la», siffla-t-il en se tournant les pouces.

Patrick mastiqua une boulette de papier et la mit dans une paille. Il lança la boulette dégoulinante de salive droit sur Bob L'éponge.

Beurk! La boulette atterrit juste entre les yeux de Bob L'éponge.

Aucune réaction.

Patrick lança une autre boulette pleine de salive qui resta collée sur le long nez de Bob

L'éponge. Puis une autre. Puis trois autres.

Même une fois couvert de boulettes de papier pleines de salive, Bob L'éponge ne regardait toujours pas dans la direction de Patrick. Déterminé à ne pas perdre un mot de ce que Madame Puff écrivait au tableau, Bob L'éponge enleva la substance collante autour de ses yeux et continua à prendre des notes.

Finalement, Patrick lança un livre très lourd qui atterrit en plein sur la tête carrée de Bob L'éponge. « PSSSSSSSSSSSSSST ! HÉ, BOB L'ÉPONGE ! J'ESSAIE DE TE DIRE QUELQUE CHOSE DE TRÈS IMPORTANT ! »

« QUOI ? ! » lança enfin Bob L'éponge.

Patrick le salua. « Salut. »

Juste au moment où Bob L'éponge s'apprêtait à exploser, la cloche annonçant la fin du cours retentit. DRIIIIIIIING !

chapitre quatre

Bob L'éponge sortit de la classe avant que Patrick ne puisse l'attraper. Il était furieux.

« Hé, mon vieux, attends-moi ! lança Patrick à Bob L'éponge. Il y avait vraiment des trucs très drôles ce matin ! J'ai particulièrement apprécié la partie avec les boulettes de salive ! »

Bob L'éponge referma la porte de son casier avec force. « Il n'y a rien de drôle dans ce que tu as fait Patrick ! s'écria-t-il. Tu n'es rien qu'un dos d'âne dans le chemin de l'éducation supérieure ! » Bob L'éponge appuya sur la poitrine de Patrick avec son doigt. « Tu m'as causé des problèmes, tu m'as fait déplacer à l'arrière de la classe, et le pire de tout est que tu m'as fait perdre une étoile de bon nigaud ! »

« Étoiles, planète Mars. Qui se préoccupe vraiment d'une stupide étoile ? » répliqua Patrick.

« Oh ! étoile Patrick, tu devrais peut-être te préoccuper des " stupides étoiles " étant donné que tu en es toi-même une ! » lui lança Bob L'éponge.

Patrick plissa les yeux. « Je m'occuperai de toi après la classe ! » grogna-t-il.

« Nous sommes après la classe ! » grogna Bob L'éponge à son tour.

À cet instant précis, le corridor se remplit d'élèves. Ils formèrent un cercle autour de Bob L'éponge et de Patrick en scandant « Une bataille ! Une bataille ! Une bataille », et en lançant leurs nageoires dans les airs.

«Je ne vois personne se battre, et toi?» demanda Patrick à Bob L'éponge.

«Ils parlent de nous, répondit Bob L'éponge. Nous sommes en train de nous battre!»

«Oh! dit Patrick. Cela ne me dérange pas de le faire!» Il mit son poing devant le visage de Bob L'éponge afin de le provoquer.

Patrick et Bob L'éponge entrèrent dans une bataille où les coups de poings volaient mais où on ne se touchait pas du tout.

«C'est ce qu'ils appellent une bataille? demanda un gros poisson vêtu d'un chandail de football. C'est assez embarrassant.» Le reste de la foule signifia son accord dans un murmure.

Madame Puff entendit le tumulte et accourut dans le corridor. «Que se passe-t-il ici? s'écria-t-elle en se frayant un chemin dans la foule. «Une bataille?!» s'exclama-t-elle.

Elle tira Bob L'éponge et Patrick par l'arrière de leur culotte. « Je ne peux pas croire ce que je m'apprête à dire mais, Bob L'éponge, je vous mets, toi et ton ami, en RETENUE… que Neptune ait pitié de vos âmes ! »

chapitre cinq

Bob L'éponge et Patrick étaient assis en retenue depuis une heure, mais il leur restait une autre heure à passer ainsi. L'horloge en forme de bouée de sauvetage faisait un tic-tac régulier. Patrick griffonnait son nom encore et encore sur un bout de papier, et Bob L'éponge se demandait comment il avait pu en arriver à avoir une retenue.

«En une journée, je suis passé de Bon nigaud à mauvais type, soupira Bob L'éponge.

Tout est la faute de Patrick. » Il jeta un regard à son ancien meilleur ami qui était assis au fond de la classe. « Je te déteste, Patrick ! »

« Je te déteste plus ! » rétorqua Patrick.

« Je te déteste dans tous les sens du terme ! » dit Bob L'éponge en fronçant les sourcils.

« Oui, eh bien moi, je te détesterais même si je ne te détestais pas ! » s'écria Patrick.

Bob L'éponge eut l'air confus. « Je te détesterais même si cela avait du sens ! »

« Je te détesterais même si tu étais moi ! » hurla Patrick, le visage tordu par la colère.

« Je te détesterais même si… hum… hum… Je te détesterais même si l'ampoule qui garde Roger en vie s'éteignait ! » dit Bob L'éponge. « Hum ? »

Bob L'éponge avait le souffle coupé. L'ampoule qui était suspendue au-dessus du projet Roger de la classe de science avait crépité puis avait grillé. La pièce était plongée dans l'obscurité.

Bob L'éponge regarda Patrick, puis il se tourna vers Roger avant de regarder de nouveau Patrick. Si Bob L'éponge et Patrick n'agissaient pas en vitesse, Roger allait mourir !

« Je… Je… Je suis désolé de t'avoir dit que tu étais une étoile de mer stupide ! » s'écria Bob L'éponge.

« Je suis désolé si je t'ai causé des problèmes, et si on t'a envoyé au fond de la classe à cause de moi, et si on t'a retiré ton étoile de bon nigaud, et si je t'ai lancé un livre, et si je t'ai envoyé des boulettes de salive, et… » babilla Patrick anxieusement.

« Je suis désolé que tes excuses soient si longues ! » l'interrompit Bob L'éponge.

« Moi aussi ! » dit Patrick.

Leurs regards se croisèrent. « Sauvons Roger ! » s'écrièrent-ils ensemble.

chapitre six

« Je vais garder Roger au chaud pendant que tu iras chercher une ampoule dans l'armoire aux fournitures », commanda Bob L'éponge à Patrick.

« Compris ! Une ampoule, et en vitesse ! » dit Patrick en sortant précipitamment de la classe.

Bob L'éponge glissa la main dans la cuve et parvint à prendre Roger entre son pouce et son index.

« Ne t'inquiète pas, Roger, dit-il. Tu es entre bonnes mains. »

Bob L'éponge se mit d'abord à frictionner Roger de haut en bas avec son chandail afin de le garder au chaud.

Puis il essaya de réchauffer Roger avec son haleine. Il leva l'œuf jusqu'à sa bouche. « Ha… ha… haaaaa » haleta-t-il rapidement.

Il essaya même de s'asseoir sur Roger. Doucement, Bob L'éponge abaissa son derrière au-dessus de l'œuf. « Si cela marche avec une poule, pourquoi pas avec moi ? » se demanda-t-il à haute voix. Mais rien ne semblait fonctionner et Roger refroidissait rapidement.

Pendant ce temps, Patrick avait enfin trouvé l'armoire aux provisions. Des boîtes d'ampoules étaient empilées jusqu'au plafond.

Plutôt que de prendre une ampoule dans une des boîtes les plus rapprochées, Patrick grimpa sur les premières et se mit à escalader les autres afin d'atteindre l'ampoule qui était vissée au plafond de l'armoire. Une fois qu'il l'eut dévissée, Patrick redescendit sur le sol en s'agrippant aux boîtes.

«J'arrive, Bob L'éponge!» s'écria Patrick en courant hors de l'armoire aux provisions.

Bob L'éponge était en train de tricoter frénétiquement un foulard pour Roger. On pouvait entendre le bruit des aiguilles à tricoter qui s'entrechoquaient jusqu'au bout du corridor.

Il tricotait si vite que la friction rapide des aiguilles faisait de la fumée.

«Dépêche-toi, Patrick! s'écria Bob L'éponge. Je dois trouver de la chaleur pour Roger!»

À cet instant précis, Patrick ouvrit la porte à la volée et arriva en trompe dans la salle de classe. Bob L'éponge se leva et courut vers lui tout en berçant Roger dans le creux de son bras. Patrick courut vers Bob L'éponge en tenant l'ampoule au-dessus de sa tête.

Bang!

Patrick et Bob L'éponge entrèrent fortement en collision, laissant l'œuf et l'ampoule s'envoler dans les airs. Ils regardèrent la scène avec horreur.

«Sans cette ampoule, Roger mourra!» haleta Bob L'éponge.

«Sans Roger, l'ampoule n'aura plus rien à réchauffer!» sanglota Patrick.

Bob L'éponge et Patrick se jetèrent un regard. Ils savaient exactement ce qu'ils devaient faire, car ils avaient vu leurs super-héros préférés, L'homme sirène et Bernard L'Hermite, le faire à maintes reprises.

Immédiatement, ils s'accroupirent au sol puis s'élancèrent dans les airs en même temps. Bob L'éponge tendit ses bras vers le ciel le plus haut qu'il put. Juste au moment où la gravité commençait à ramener Bob L'éponge vers le sol, il parvint à refermer ses doigts autour du petit œuf fragile.

Patrick n'eut pas autant de chance, car il fut ramener au sol aussi vite qu'il l'avait quitté, créant ainsi un impact puissant. Il n'avait pas attrapé l'ampoule! Mais juste au moment où l'ampoule allait s'écraser au sol, Patrick empoigna les chevilles de Bob L'éponge et le poussa vers l'avant. Le corps et les jambes de Bob L'éponge furent propulsés aussi loin qu'ils purent. Bob L'éponge ferma les yeux et étira le bras gauche avec détermination. L'ampoule atterrit sans heurt dans sa paume ouverte.

Bob L'éponge ouvrit les yeux et laissa échapper un soupir de soulagement. «Nous avons réussi! s'exclama-t-il. Nous avons sauvé Roger!»

Patrick fit la prise de l'ours à Bob L'éponge. «Nous sommes des héros, Bob L'éponge! De vrais, d'authentiques héros!»

Le visage de Bob L'éponge devint rouge, puis bleu. Patrick le serrait trop fort!

«Peux pas... respirer... besoin d'air!» cria Bob L'éponge. Patrick relâcha les bras et Bob L'éponge s'effondra sur le sol en haletant à la recherche d'oxygène.

Les deux amis se rendirent ensuite dans le coin de la classe où se trouvait la cuve de Roger montée sur une caisse de bois. Bob L'éponge replaça l'œuf dans le coquetier.

Patrick monta sur une chaise et vissa l'ampoule dans la douille au plafond. La lumière remplit soudainement la pièce.

Tout à coup, surgissant de nulle part, Madame Puff sortit de derrière son tableau.

«Beau travail, les garçons, dit-elle en leur tapotant chacun le dos. J'ai vu toute votre aventure et je ne pourrais être plus fière de votre bon travail d'équipe.»

Patrick félicita Bob L'éponge.

«Pour votre grand effort pour sauver notre animal de classe et votre volonté éclairée de bien vouloir travailler ensemble, dit-elle avec un clin d'œil, j'ai décidé de vous récompenser tous les deux en vous donnant une étoile dorée, même si je ne suis pas certaine que le fait de sauver un œuf a quelque chose à voir avec une école de pilotage de bateau. »

«Hourra! s'écrièrent Patrick et Bob L'éponge en effectuant une danse de la victoire. Vas-y, Bob l'étoile! Vas-y, Bob l'étoile! Vas-y, Bob l'étoile! » applaudit Patrick alors que Bob L'éponge se déhanchait d'un coté et de l'autre.

Patrick s'arrêta brusquement. «Attends une minute... Vient-elle de dire «école de pilotage de bateau »?, demanda Patrick d'un air douteux. Je croyais qu'il s'agissait d'un cours d'espagnol! »

Sur ce, Patrick tourna les talons. «À plus, Bob L'éponge! dit-il en sortant nonchalamment de la salle de classe. Adios, gros méchant!»

Et ceci conclut la première et dernière journée d'école de Patrick l'Étoile de Mer.

Procure-toi d'autres titres
de la même collection :

Thé au Dôme vert

Culotte nature

Culotte à air

La fusée de Sandy

Le plus beau des Valentins